I0546625

RÉPONSE

DE

CHARLES IV;

ROI DES ESPAGNES ET DES INDES;

AU MANIFESTE

DE

LÉOPOLD II,

EMPEREUR D'OCCIDENT;

ROI DES ROMAINS,

———

A PARIS;

DE L'IMPRIMERIE ROYALE

————

MAI, 1791.

RÉPONSE

DE CHARLES IV,

ROI DES ESPAGNES ET DES INDES,
au Manifeste de LEOPOLD II, *Empereur*
d'Occident et Roi des Romains.

Nous avons médité dans la fageffe de notre
confeil, le manifefte de notre coufin L'éopold
II, nous ne pouvons que louer les vues pro-
fondes, les obfervations judicieufes de fa majefté Impériale: l'intérêt qu'il prend à maintenir l'autorité des puiffances de l'Europe, & la
fubordination des peuples, eft une preuve non
équivoque de la pureté de fes intentions & de fa
politique lumineufe. Nous avons partagé & nous
partageons encore fes frayeurs & fes allarmes,
fur les troubles qui agitent en cet inftant les
états de fa majefté très-chrétienne notre neveu,
pour qui notre attachement eft inaltérable. Nous
nous ferons un devoir d'entrer dans la confédé-
ration des princes couronnés, & de réunir nos
flottes & nos armées aux forces combinées des
rois. Mais nous ne pouvons diffimuler, que nous
avons vu avec furprife, le peu d'eftime que fa
Majefté impériale témoigne à l'Affemblée nationale de France, dont nous n'avons qu'à louer
la fageffe. Les affurances que ce Sénat refpec-

table nous a données de fa vénération pour fon monarque, & la déclaration formelle que le roi de France lui-même nous a faite, de fa volonté à former dans fes états une nouvelle conftitution, ne nous permettent pas de douter que la révolution françoife ne foit l'ouvrage de ce monarque, que les fénateurs de cet Empire ne fe foient raffemblés près de lui, que par la convocation qu'il leur a adreffée pour devenir fes coopérateuts dans la réforme des abus miniftériels & des finances, que des prépofés trop avides & trop ambitieux, avoient infatiablement dilapidées.

Notre intention n'eft donc point d'entrer en France à main armée pour inquiéter le repos des légiflateurs françois, & répandre les allarmes dans les villes & les campagnes de ce royaume. Nous favons de notre pleine fcience que les divifions qui fermentent dans les états de notre affectionné neveu, ne peuvent être imputées qu'aux entreprifes téméraires des factieux perturbateurs, qui, pour accumuler des richeffes & s'élever fur les ruines de leurs compatriotes, ont conçu l'injufte deffein de tout envahir & de tout s'approprier. Ce n'eft que par cette confidération que nous ferons marcher nos troupes jufques dans le cœur de la France, ce n'eft que contre les ambitieux concuffionnaires que nous dirigerons nos coups, & nous promettons notre protection particuliere, aux membres eftimables qui compofent l'aréopage françois dont nous nous propofons d'aider les opérations légiflatives.

Pénétrés du plus fincère attachement pour la perfonne du roi des françois, lié par le fang &

le même intérêt à conferver refpectivement nos droits imprefcriptibles dans nos états, il eft de notre devoir & de notre prudence, de nous affermir l'un par l'autre fur les trônes où la providence divine nous a placés, & de punir avec la févérité la plns exemplaire, quiconque oferoit attaquer notre fuprême domination. Nés pour affurer le bonheur de nos peuples, nous ne devons point tolérer la moindre atteinte à fa tranquillité, nous fommes refponfables envers la divinité, des écarts de nos fujets, & nous fommes obligés par notre propre confcience de réprimer les factieux, d'appaifer les factions, de cimenter une paix durable dans nos provinces, de protéger les miniftres de nos autels, de faire triompher la fainte religion de nos peres, de conferver indiftinctement tous nos fujets dans leurs propriétés & leurs places, d'entretenir une parfaite harmonie entre les différens corps de la fociété civile. Ce n'eft en effet que par une intelligence conftante, que les empires peuvent fubfifter, que les loix font refpectées, que les arts fleuriffent, que le commerce vivifie toutes les branches d'un état, que les riches & les grands contenus dans une jufte fubordination, n'oppriment point les petits & les foibles, que ceux-ci vivent paifibles & foumis aux autorités légitimes, que l'agriculture fournit abondamment à toutes les néceffités de la vie, enfin que le bonheur fe perpétue chez toutes les nations civilifées.

Inftruits par fa majefté très-chrétienne, qu'elle eft & qu'elle veut être le régénérateur de fon Empire, le fondateur de la liberté françoife fous la vigilance des loix, perfuadés de la fageffe des

repréfentants de cette nation & de leurs attachement refpectueux à leur prince, nous au-
rons tous les égards pour leurs perfonnes & leurs
décrets. Nous n'entendons que leur donner des
marques de notre eftime & encourager leur fi-
délité dans l'obfervation des principes, & de la
conftitution françoife dont ils font les organes
fous les aufpices de Louis XVI.

Nous ne frapperons que les féditieux que les
rébelles, qui, ennemis du bon ordre affectent de
ne vouloir reconnoître aucune autorité prépondérante, prêchent partout & à tout venant, une
infurrection criminelle, contagieufe & funefte
à la profpérité de leurs freres, & à la tranquillité des nations voifines.

L'idée d'aggrandir mes états ne me flatteroit
point, le defir feul de prouver à mon neveu
comme à toutes les têtes couronnées, que je ne
veux m'intéreffer qu'à la caufe commune des
rois, me détermine à partager les opérations de
fa majefté Impériale. Je ne veux defcendre les
Pirénées, que pour préferver mes propres états
de l'incendie qui pourroit les embrafer. Satisfait
de mes vafte domaines je n'ambitionne point des
poffeffions ultérieures. Je ne ferai conduire mes
phalanges fur le territoire françois, que pour y
maintenir la concorde & la furbordination, dans
l'affurance où je fuis que les puiffances voifines
loin de chercher à démembrer mon Empire, fi
le feu de la difcorde s'allumoit dans quelques
parties de mes états, ne s'occuperoient qu'à pacifier mes peuples, je dois faifir cette occafion
pour démontrer à l'Univers, mon amour pour la
paix, & mon affection particuliere pour les princes de mon fang.

Rejetton de Louis XIV, Bourbon moi-
même, il eft de ma gloire de réunir mes efforts
à ceux des puiffances voifines pour conferver aux
différentes branches de 'a maifon de Bourbon,
leur héréditaire fuprématie; comme le premier
des princes catholiques, il eft de l'honneur de
ma couronne, de maintenir & d'étendre la ca-
tholicité, qui ne pourroit prédominer dans le
fein des divifions & les horreurs d'une guerre
civile. Comme roi & légiflateur fouverain, je
ne puis permettre que des factieux inquiets, ar-
borent l'étendard de la rébellion, fement les troubles, les allarmes dans l'intention coupable de
tyrannifer leur pays de fecouer le joug de l'o-
béiffance & de prétendre dicter des loix à leur
maître.

Tant de confidérations m'autorifent à ap-
prouver la réfolution de fa majefté Impériale, &
à lui annoncer les fentimens de l'affection la plus
pure & de la reconnoiffance la plus fignalée,
du manifefte précieux qu'il nons a adreffé. Ses
vues amicales & pacifiques font abfolument les
nôtres, & nous nous accuferions nous mêmes d'in-
fouciance & d'ineptie, fi nous ne nous hâtions
point de feconder fes deffeins politiques et meme
d'engager leurs majefté Sarde, Siciliennes, Por-
tugaife et Anglaife, à entrer dans nos intentions
preffantes pour le repos générale de l'Europe.
Nous répétons que pleinement fatisfaits de la
conduite de l'Assemblée nationale de France, et
de fes égards pour notre perfonne facrée, comme
pour celle de notre augufte neveu, nous refpec-
terons la fageffe de fes opérations, nous pré-
venons les potentats qu'il nous paroit jufte de

reclamer la protection, pour ce tribunal refpec-
table qui fert fi bien fa patrie et fon roi. Les
monarques ne doivent point être infenfibles aux
mouvements de la reconnoissances pour ceux de
leurs fujets qui les éclairent de bonne foi, et
leur enfeigne les moyens les plus prompts, les
plus faciles de travailler efficacement au bonheur
des peuples Les rois les plus févères font auffi
les plus juftes et les plus fenfibles au mérite.
Avec la franchife et la loyauté qui nous animent,
nous ne diffimulerons pas en rendant à notre
coufin le roi de Suède, le tribut d'éloges qu'il
à mérité dans la révolution qu'il à faite dans fes
états. L'expulfion de la diette Suédoife, étoit in-
difpenfable et nécessaire pour l'avantage de ce
royaume, parce qu'elle étoit compofée de fénateurs puissants et ambitieux, qui facrifioient
le bonheur de leur patrie à leur orgueil et à
leur avidité, parce qn'ils s'oppofoient aux bonnes
intentions du monarque pour fes peuples. C'eft
par cette prépondérante confidération, que ce
prince jaloux de la profpérité de fon empire,
conçut la généreufe réfolution d'abbatre l'autorité féodale et légiflative des tyrans qui con-
trarioient fes vues bienfaifantes. Dans ce royaume
expofé par fon climat glacé, à toutes les rigueurs
de la température, les peuples déjà maltraités
par la ftérilité de leur fol et l'avarice des faifons
boréales, gémissoient dans une indigence affli-
géante, il leur falloit encore fupporter la ty-
rannie arbitraire d'un aréopage cruellement def-
potique. Par un noble effort notre coufin at-
tendri du fort de fa nation et révolté des in-
juftices dont elle étoit la victime, a fenti qu'il

étoit de la plus grande néceffité de dépouiller ces tyrans de leur légiflation ariftocratique, et de prendre lui-même les rênes de fon Empire, pour mettre fin aux calamités de fon pays. Cette entreprife hardie, fait le plus grand honneur à la fermeté comme à la fenfibilité de fon ame.

Mais notre affectionné neveu ne fe trouve point dans la même pofition. L'Affemblée nationale de fes états ne travaille à réformer les abùs, à couper le mal dans fa racine, que par l'agrément du roi qui l'a convoquée : les décrets que ce tribunal prononce, atteftent fa prudence, & la fanction du prince eft une preuve complette du plaifir qu'il reffent à contribuer fouverainement au bonheur de la Nation dont il eft adoré. L'eftime qu'il a conçue pour elle, fon empreffement à nous confirmer qu'il eft l'auteur de la nouvelle conftitution de la France, & le reftaurateur de fon pays, le rendent cher à fes peuples, & nous font connoître la joie dont il eft pénétré en autorifant les opérations nouvelles du tribunal qu'il a appellé près de fa perfonne pour l'éclairer dans la route qu'il peut fuivre pour affranchir les françois de la fervitude des monopoleurs, des accapareurs, & affurer d'une maniere invariable, la profpérité de fon royaume.

Ce n'eft point cet aréopage que l'on peut blâmer, que l'on doit attaquer, puifque la nouvelle conftitution françoife, bafée fur les volontés du monarque, devient fon ouvrage particulier. Les différens corps légiflatifs qui décrétent les loix de ce royaume, n'ont point cherché & ne cherchent point à s'emparer du pouvoir exécutif. Ils fe réunissent tous pour reconnoître unanimement que le roi des françois à feul le droit de mettre & faire mettre à exécution les loix qu'il a confenties et fanctionnées. Ce ne font que les perturbateurs ennemis secrets de leur monarque et de la tranquillité de leurs compatriotes, qu'il faut ramener au devoir et faire rentrer fous l'obéissance du roi & la discipline des loix. Ce sont eux qui ont égaré par leurs conseils perfides, plufieurs des princes de mon fang, qui ont trompé la bonne foi des saints prélats qui édifioient les ouailles de l'église gallicane, qui ont introduit dans le temple du Seigneur, des évêques et des ministres réfractaires aux préceptes de l'église catholique, apostolique et romaine, à la loi de J. C. et de son premier vicaire.

Notre religion nous prefcrit d'aider notre neveu le roi des françois, de remédier à tous ces abus, de punir et de chasser tous ces prévaricateurs impies, de replacer sur les siéges pontificaux les saints personnages installés et reconnus par l'autorité divine du premier des métropolitains. Pour abréger plus promptement les maux que des hérésiarques effrontés feroient aux vrais fideles, nous nous proposons de faire revivre la piété de nos ayeux, de fonder sur des colomnes inébranlables la fainte inquifition romaine, de contraindre les françois à reconnoître, à révérer ce tribunal sacré, et de se conformer à ses dogmes spirituels et aux principes ultramontains, l'intention des potentats ne doit pas en faisant triompher la foi catholique, apostolique et romaine, de remettre l'autorité in-

quisitoriale dans les mains d'un ordre religieux.
Sans doute, c'est aux prêtres à gouverner, à di-
riger les consciences, mais comme la puissance
temporelle n'appartient qu'à nous seuls, il est
de toute importance que les inquisiteurs choisis,
élus parmi les ministres les plus révérés de nos
autels ne puissent servir contre les chrétiens scandaleux, que par notre toute puissance, ou du
moins qu'après les jugemens des juges laïcs que
nous chargeons de nous représenter, et qui ne
parlent que par nous et en notre nom. Cette
précaution dictée par la sagesse, est un frein
pour les ministres qui pourroient s'écarter des
principes de leur ministere purement spirituel
en s'arrogeant le pouvoir temporel qui nous est
réservé. En suivant ces maximes fondamentales,
le sacerdoce épuré, renfermé dans les canons
de l'église, ne peut se méprendre fur l'exercice
de ses fonctions sacrées, et usurper l'autorité
des rois, en confondant leurs droits avec les
nôtres. Il n'exiſte plus alors des abus ni des
contradictions dans la conduite des évêques &
des magiſtrats. Ces deux ordres remplissent fidele-
ment leur mission, parce qu'ils la connoissent,
& loin d'empiéter fur les droits les uns des au-
tres, ils agissent de concert avec harmonie, &
leurs jugemens mitigés par la douceur évangé-
lique & la sévérité légale, se pretent un mu-
tuel appui qui les rend plus équitables & plus
sages.

Telles ont été les regles de conduite que
mes peres ont adopté d'après l'expérience que
les fautes de leurs ayeux leur avoient suggérées.
Si Louis XIV mon ancêtre de glorieuse mé-

moire eût moins été occupé par les guerres con-
tinuelles qu'il eut à soutenir, il eft évident en
étudiant ses maximes, qu'il eut introduit la sainte
inquifition dans ses états. Il seroit résulté de
cette discipline eccléfiaftique plus d'un avantage
réel pour son pays. Les mœurs y auroient été
plus pures, parce que la religion eût été plus
respectée, & que les miniftres auffi plus vertueux auroient prêché par l'exemple comme par
l'expreffion des vérités saintes; les vertus chré-
tiennes eussent été des leçons pour tous les peuples qui n'ont pas le bonheur d'être de la com-
munion romaine. La france n'eut point été éga-
rée du vrai chemin du ciel par une foule de
faux sages dont les écrits scandaleux, dont les
réflexions hétérodoxes & les sentences impies
ont corrompu jusqu'aux esprits les plus fimples
& les ames les plus timorées. Une faftueuse,
mais ignorante philosophie n'auroit point pris
la place de la doctrine la plus épurée, de la doctrine que Dieu lui-même avoit transmise à ses
apôtres qui ont illuminé nos peres, qui nous
ont éclairés selon les ordres qu'ils avoient reçus
par la voix des docteurs de l'église.

Nous ne sommes plus aux fiécles ou des in-
quifiteurs hypocrites tour à tour & présomptueux,
osoient attenter même à la puiffance & à la vie
des rois peu éclairés. La raison aidée de la foi
à démêlé ce qui étoit du ressort de la légiflation
divine, d'avec ce qui ne compétoit que la police
humaine. Toute puissance émane de Dieu. Mais
l'Etre fuprême à particulierement départi aux
monarques & aux princes la domination temporelle, en attribuant à ses disciples le foin de

consoler les hommes par les lumieres de la ré-
vélation, par l'espérance d'un autre vie , par le
pouvoir de lier & délier sur la terre les consciences chargées d'iniquités. Les loix dans tous
les empires sont des institutions humaines dont
l'esprit se rapporte à Dieu qui les a dictées pour
contenir les peuples, mais les loix divines , c'eſt-
à-dire celles du culte que nous professons ont été
prononcées par sa bouche.

Il eſt donc indiſpenſable pour le bonheur de
nos peuples, que nous protégions de tout notre
pouvoir la religion catholique, que nous pré-
ſidions aux décrets des inquiſiteurs prépoſés pour
veiller au ſalut des fideles. Dans cette néceſſité ,
nous allons marcher en france pour y établir la
ſainte inquiſition que nous avons reçue dans nos
provinces, pour déraciner, pour extirper les ra-
meaux de l'impiété, pour arrêter dans ſon cours
la ſource de l'héréſie, pour y ſubſtituer les ger-
mes heureux de notre religion ſainte, pour maintenir notre neveu chéri dans ſa premiere ſupré-
matie, pour donner à l'Aſſemblée nationale de
france des preuves de notre eſtime , pour réin-
tégrer dans leurs dignités naturelles , les princes
de notre ſang, & leurs fideles ſerviteurs, pour
écraſer les nouveaux tyrans & les factieux qui
déſolent les provinces de ſa majeſté très-chrétienne , qui prérendent s'oppoſer à la nouvelle
conſtitution françoiſe , & arrêter les opérations
de la légiſlature nationale ; que le prince lui-
même admet & ſanctionne. Notre attachement
à tous les monarques de l'europe , & particulierement aux enfans d'Henri IV, nos freres &
nos amis , nous fait un devoir ſacré de repouſ-

fer par la force de nos armes les rébelles françois qui troublent leur patrie, & pourroient pro-
pager les divisions jufques dans notre empire.
Nous n'entendons point faire ligue avec les têtes
couronnées pour entamer, pour démembrer les
états de fa majefté chrétienne, mais feulement
pour les protéger, les pacifier, & renouveller
à notre neveu les fentimens de la cordialité fraternelle qui nous unit. Bien convaincus que les
intentions de fa majefté impériale, des princes
de l'empire & des monarques du midi font les
notres, que l'ambition des conquêtes ne tente
point leurs cœurs, qu'ils répugnent à toute in-
vafion, à toute ufurpation, que le defir feul
d'entretenir une parfaite intelligence, de maintenir la balance de l'europe dans fon équilibre,
nous les engageons à pénétrer dans les états
françois, dans le même efprit que nous, &
de fe rendre refpectivement garans des poffeffions de fa majefté Louis XVI, d'y rétablir le
calme, d'y faire dominer la religion de nos
peres & le culte romain, d'écarter des privileges
catholiques, les juifs, proteftans, & toute fecte
imaginée par des novateurs ambitieux & turbu-
lents. Nous reconnoiffons & nous avouons que
tout pays déchiré par des factions, des fédi-
tions inteflines, ne peut être que le théâtre d'une
guerre éternelle, que les opinions différentes des
théologiens, portent néceffairement l'alarme dans
tous les cœurs vertueux, détruifent toute con-
fiance fraternelle & patriotique, que le commerce alors fufpendu ne peut vivifier toutes les
branches d'un empire, que les labeurs font in-
terrompus, que les bras languiffent dans une

oifiveté funefte, dans une inertie contraire au
bonheur des hommes, que le lien des corref-
pondances qui civilifent les nations, leur apprend
à fe refpecter mutuellement, eft brifé, que les
fiécles de la politesse & des arts dégénerent
en des âges d'obfcuriié, d'injuftice & de barbarie.

Mais ce qui mérite le plus notre attention,
c'eft le devoir qui nous eft impofé par le fils
de dieu, de planter par-tout l'étendard de la
croix, de faire religieufement obferver fes com-
mandemens & ceux de fon églife, de prefcrire
au peuples catholiques, un refpect profond pour
fa fainteté pontificale, pour fes fuffragants &
généralement pour tous les miniftres, docteurs
confeffeurs des fidéles pieux.

Animés par toutes ces confidérations, nous
ne pouvons différer d'entrer fur les domaines de
France, en assurant fa majefté très-chrétienne
de la pureté de nos intentions amicales, & l'Affemblée nationale de notre eftime. Nulle incur-
fion, nul pillage ne feront exercés fur le territoire françois. Nous punirons avec la plus rigide
féveriié quiconque ofera tranfgresser nos ordres
fouverains, & s'écarter des principes de paix &
de protection qui nous animent.

Notre intention n'eft point d'allarmer les
peuples, mais de les éclairer fur leurs inté-
rêts, de confolider une harmonie durable entre les grands & les Plébéiens ; d'affermir
l'autorité de Sa Majefté Chrétienne, de protéger l'Affemblée nationale de France, de faire
triompher la religion Catholique , de rendre

(16)

aux évêques et au clergé, les honneurt & les biens que l'incrédulité n'a pas rougi d'ufurper.

Délibéré en notre Conseil fouverain,

A Madrid le 3 Mai 1791. *Signé* CHARLES IV.

& plus bas,

le duc de MEDINA-CELI, miniftre de la guerre & fécretaire d'état.

www.ingramcontent.com/pod-product-compliance
Lightning Source LLC
Chambersburg PA
CBHW061747180626
46818CB00006B/2784